AF369223

LE PATRIOTE,

O U

PRÉSERVATIF CONTRE L'ANGLOMANIE.

Par l'Auteur du Voyage d'Amérique, &c.

Est modus in rebus, sunt certi denique fines,
Quos ultrà citràque nequit consistere rectum.

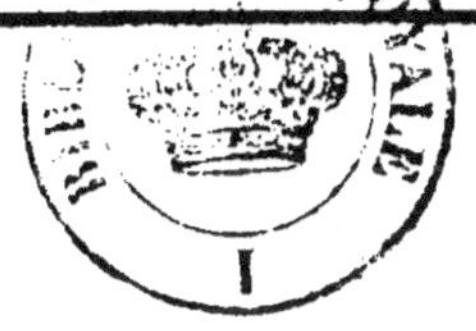

* Il va paroître (au profit des pauvres) une nouvelle
édition de ce Voyage, la seule avouée par l'Auteur, avec
des changemens & des additions qui, en augmentant le
Volume de plus de moitié, en font en quelque sorte un
Ouvrage nouveau. Cet Ouvrage imprimé chez M. Didot l'aîné,
sur de beau papier & avec les nouveaux caractères gravés par
Firmin Didot, pourra, par son format, servir de suite aux
Voyages de M. Cuchet.

Vu la destination du produit de la vente, on a cru devoir
ouvrir une souscription, en vertu de laquelle chaque exem-
plaire sera de 4 liv. seulement, tandis qu'il coûtera 4 liv. 12 s.
aux personnes qui n'auront pas souscrit. Cette souscription est
ouverte à Paris, chez FROULLÉ, Libraire, quai des Augustins,
& à Versailles, chez BLAIZOT, rue Satori.

LE PATRIOTE,

OU

PRÉSERVATIF CONTRE L'ANGLOMANIE.

Dialogue en Vers, suivi de quelques Notes, sur les Brochures qui ont été publiées au sujet des États-Généraux.

*Par l'Auteur du Voyage d'Amérique, en Vers, avec des Observations philosophiques, historiques, politiques, &c. sur l'Amérique en général, les États-Unis & la Grande-Bretagne *.*

A LONDRES,

Et se trouve à PARIS,

Chez Froullé, Libraire, quai des Augustins;

Et à VERSAILLES,

Chez Blaizot, Libraire, rue Satory.

1789.

AVIS DE L'ÉDITEUR.

COMME le seul mot de Vers pourroit jetter sur cette Brochure un vernis de frivolité qu'elle ne mérite point, on croit devoir prévenir que ces vers, en très-petit nombre, ne sont, en quelque sorte, que ce que l'on appelle le sujet ou l'argument de l'Ouvrage. Les notes qui en font la partie principale, quoique séparées, présentent, par leur rapprochement, un corps de doctrine, dont l'objet est de guérir, s'il est possible, tous les maux que nous a causés le faux système de suivre, à notre maniere, les exemples de la Grande-Bretagne. L'Auteur, en annonçant modestement qu'il se borne à dire ce qu'il ne faut pas faire, n'en donne pas moins, par ce procédé même, des avis très-utiles & très-importans. Ils offrent plusieurs grands résultats, dont voici les principaux. La nécessité de la paix pour la France, la possibilité toujours existante de ne point faire la guerre, *l'abſurdité des guerres de commerce, notamment pour la Nation Françoiſe; & le danger même d'un trop grand commerce extérieur, ſur-tout s'il entraîne avec lui la guerre de mer, comme cela eſt toujours arrivé.*

Enfin, cet Ouvrage eſt en outre particuliérement deſtiné, comme nous l'avons déjà dit, à dénoncer, s'il eſt permis d'employer cette expreſſion violente, toutes les conſéquences funeſtes de l'Anglomanie, mais ſur-tout relativement à la conſtitution Britannique. En conſéquence, on a penſé qu'il ne pouvoit paroître, dans un moment plus favorable, que celui où nous allons enfin jouir du bienfait d'une Conſtitution digne de notre ſiecle, des ſages qui en poſent, avec une circonſpection religieuſe, tous les principes, & du peuple éclairé qui attend, après une longue anxiété, ſa régénération, de leur patriotiſme & de leurs talens. La comparaiſon de ces deux conſtitutions, ſera ſans doute le plus bel hommage que l'on puiſſe rendre aux travaux & au génie de nos Légiſlateurs.

AVANT-PROPOS.

LES Vers font entièrement paſſés de mode. Ceux de l'Auteur, (& c'eſt une vérité qu'il ſent plus que perſonne) ne remettront pas la Poëſie en faveur. Enfin, le ſujet, comme il le dit lui-même, eſt le plus anti-poétique que l'on puiſſe choiſir. Pourquoi donc, parmi plus de neuf à dix mille brochures qui ont été imprimées à l'occaſion des États - Généraux, la ſienne eſt-elle peut-être la ſeule qui ſoit écrite en Vers ? Pourquoi ? Parce que le diſcrédit même de la Poëſie ayant reporté vers la proſe tous les Écrivains qui veulent marquer, il s'eſt établi une rivalité, ou, ſi on le préfère, une émulation de talens, qui, en multipliant la concurrence, augmente, dans une proportion effrayante, la difficulté du ſuccès.

A préſent que nos meilleurs Poëtes mêmes écrivent en proſe, peut-être un Ouvrage en Vers, quelque médiocre qu'il puiſſe être, aura-t-il du moins le mérite de la nouveauté. Il eſt naturel d'être difficile au ſein de l'abondance : on a tant à choiſir. La diſette rend les hommes moins délicats. On ne reprochera point non plus à l'Auteur les prétentions de l'amour-propre, puiſque très-certainement il a pris la tâche la plus aiſée.

D'ailleurs la manière dont il a enviſagé ſon ſujet, n'a rien de commun avec celle des autres concurrens. Leur zèle les a engagés à développer tous les moyens d'éclairer l'immenſe carrière, tant des loix primitives & théoriques qui remontent à l'origine des ſociétés, que des loix poſitives & pratiques qui deſcendent juſqu'aux moindres détails de l'adminiſtration. Il ne pouvoit guères, en venant ſi tard, mettre dans ſon Ouvrage que des redites & des lieux communs. Sans un fonds conſidérable de talens ou d'amour-propre, il falloit donc ſe réſoudre au ſimple rôle de ſpectateur, ou ſuivre un procédé tout différent de celui de ſes devanciers; & ce dernier parti eſt celui qu'il a pris. Ils ont amplement détaillé tout ce qu'il falloit faire ; *il se borne à dire ce qu'il ne faut pas faire.* La part qu'il s'est ainsi adjugée lui-même, est sans doute la plus petite & la moins glorieuse ; mais est-elle la moins intéressante ? Peut-être cette question n'est-elle point indifférente ni déplacée? L'Anglomanie, dont la contagion n'est pas à beaucoup près aussi affoiblie qu'on le croit communément, pourroit devenir très-dangereuse, sur-tout dans la circonstance actuelle. La Constitution & les loix d'Angleterre sont à présent, on le fait, un grand sujet de controverse politique. Mais malheureusement l'improbation de ce fameux système de Gouvernement ne semble être encore que l'opinion de quelques Philosophes, & son admiration est populaire. L'Auteur n'a certainement pas l'amour-propre de suppléer à ce que des hommes, si justement célebres, n'ont pu effectuer. Mais pourquoi ne seroit-il pas leur truchement dans une langue que les femmes au moins n'ont point encore abandonnée, je veux dire la Poëfie. Cette intéreffante partie du genre humain a plus d'influence qu'on ne croit fur l'opinion publique & fur le Gouvernement même, principalement en France. On voit par-là qu'il ne s'agit ici ni de ,poëfie ni de profe, ni de talens ni de gloire, mais de patriotifme, & ce motif feul femble rendre tout excufable.

N. B. L'Auteur anonyme de cette Brochure eft le même que celui du *Voyage d'Amérique en Vers*, & de plufieurs autres Ouvrages, tant imprimés que manufcrits. Le *Voyage d'Amérique* a éprouvé, dit-on, de vives critiques, & cela devoit être, vu l'état dénaturé dans lequel il a paru. Auffi l'Auteur lui-même a-t-il été beaucoup plus étonné des éloges *. On reproduit aujour-

---

* Suivant le Journal de Paris, N°. 65, année 1786 : « On » trouve dans les Vers & la Profe de cet Ouvrage, le Phi- » lofophe qui penfe & fait penfer fes Lecteurs ». Le Mercure de France, N° 48, année 1787, en fait encore un éloge plus prononcé. Ce fuffrage eft d'autant moins fufpect, que l'Auteur de l'article ne paroît pas vouloir flagorner celui du Voyage d'Amérique.

d'hui cette efquiffe, non-feulement telle qu'il l'avoit compofée, mais avec des augmentations confidérables & très-importantes ; ce qui en fait, comme il eft dit au frontifpice, un Ouvrage prefque entiérement nouveau.

Ce Dialogue en rimes croifées fur les moyens d'opérer la reftauration de la France & *le Voyage d'Amérique en Vers*, dont l'objet principal eft l'indépendance des États-Unis, ont femblé devoir fe rapprocher &, pour ainfi dire, fe préfenter enfemble, non-feulement parce qu'ils font tous deux des Ouvrages patriotiques, mais encore parce qu'il eft beaucoup queftion, dans l'un & l'autre, de la Grande-Bretagne, de fa conftitution, de fes loix & de fon adminiftration en général. Ce rapprochement étoit peut-être le feul moyen d'éviter les doubles emplois, prefque indifpenfables, dans un pareil fujet. Mais comme plufieurs *Obfervations* du Voyage d'Amérique peuvent fervir de notes à différens endroits du

Patriote, ou du moins les abréger extrémement, il fuffira, pour cela, de renvoyer le Lecteur à ces obfervations : bien entendu qu'il ne s'agit ici que de la nouvelle édition, la feule que l'Auteur puiffe confidérer comme fa véritable production, & dont par conféquent il eft en droit de difpofer.

On n'a point cependant réuni ces deux effais dans un feul Ouvrage, parce que, malgré leur reffemblance fur certains points, ils ont chacun un objet à part & très-diftinct ; mais en même tems il a paru convenable de les faire imprimer dans le même format, pour la commodité des perfonnes qui voudroient les faire relier enfemble.

LE PATRIOTE.

Dialogue en Vers, entre Lady Truebriton & l'Auteur.

Lady Truebriton.

Poete Citoyen, ô toi qui le premier,
En vers, tant bien que mal, essayas d'allier
Les lauriers de la France à ceux de l'Amérique,
Barde, voici le jour, (as-tu pu l'oublier?)
Voici le vrai moment du chant patriotique.

L'Auteur.

Non; le soin puéril d'aligner quelques mots,
Par deux ou plusieurs sons, répétés en échos,
Ce jeu si décrié, dans le siecle où nous sommes,
Est fait pour les enfans & non pas pour les hommes.

LADY TRUEBRITON.

Il fut, il est encor le langage des Dieux :
Dans les beaux Vers de Pope & dans ceux de Voltaire
La noble Poësie est la fille des Cieux.
Mais, toi-même, pourquoi du nouvel hémisphere,
Dans cette langue auguste, avoir, à nos dépens,
Sous le nom de héros, chanté des Insurgens ?

L'AUTEUR.

J'avois dix ans de moins (1), avec l'âge on s'éclaire.
D'ailleurs ces Insurgens, en dépit de leur nom,
Brillans triomphateurs de la fiere Albion,
Echauffoient les esprits de leur noble courage ;
D'une époque chérie ils rappelloient l'image :
On croyoit être encore à ces siecles heureux,
Pour nos yeux fascinés devenus fabuleux,
Où, belle & déployant, dans toute son ivresse,
Des premiers fruits d'hymen la joie enchanteresse,
Notre mere commune à ses fils, nos ayeux,
Prodiguoit les trésors de sa jeune tendresse,
Mais surtout ses vrais biens, la force & la sagesse.
De nos cœurs exaltés le sentiment profond
Ne pouvoit s'exprimer dans le discours vulgaire.

Pour de nouveaux objets, il faut un nouveau ton ;
Parle-t-on dans le ciel la langue de la terre ?

Mais la scene a changé : c'est la France aujourd'hui,
De la patrie en pleurs , c'est le génie antique
Qui de ses vrais enfans sollicite l'appui.
Ce sujet est très-grand , mais très-peu poëtique ;
L'austere vérité, la leçon du malheur ,
Voilà de ce tableau l'unique & triste honneur ;
L'imagination en doit être bannie ,
Son filtre a trop long-tems égaré nos cerveaux ;
C'est à la raison seule à tenir les pinceaux ,
Ou plutôt le compas de la froide Uranie.

LADY TRUEBRITON.

J'entends ; il ne faut plus déraisonner en vers ;
Mais en prose , sans doute , on a plus d'indulgence.
Des geais & des corbeaux jamais la sotte engeance,
De cris plus discordans n'a fatigué les airs ,
Que les féconds auteurs de pamphlets politiques ;
Tous les jours par milliers obstruant vos portiques,
N'étourdissent l'État de leurs doctes leçons ;
Dignes pour la plûpart des petites-maisons.
Comme un législateur , là chacun dogmatise ,
Hausse ou baisse le trône & réforme l'Église.
De ce haut point de gloire où s'élevent leurs noms

Le ſtyle, comme on ſent, touche peu vos Solons.
Le penſer ſeul fait tout, & quant à l'ortographe,
C'eſt le ſoin de l'auteur moins que du typographe.
Parmi ces concurrens, que ne vous montrez-vous?

L'AUTEUR.

Par quelques étourdis doit-on les juger tous?
Vous raillez, Milady, ſans mériter de l'être:
Parlons raiſon, chacun y gagnera peut-être.
Les ſages font toujours moins de bruit que les foux:
Par bonheur cependant, au moral, au phyſique,
Malgré tous nos défauts & la plainte cynique,
L'excès n'eſt pas commun, & le terme moyen
Eſt partout quelque mal mêlé d'un plus grand bien.
Par des engrais puiſſans, la terre élaborée,
Avec profuſion répandant ſes bienfaits,
Allie au pur froment qui couvre ſes guérets
La tige de l'ivraie & de la fleur pourprée *.
A tous les végétaux, Cybele ouvre ſon ſein,
Mais c'eſt au laboureur à trier le bon grain.

Parmi quelques pédans, à bon droit ridicules,
Sur l'État obéré promenant leurs férules,
Il eſt, vous le ſavez, en Province, à Paris,
Non-ſeulement de beaux, mais de très-bons eſprits.

Le coquelicot.

Lalli,

Lalli * , Mounier , Target , Cerutti , Lacretelle
Sans doute ont honoré cette lice nouvelle ;
Et d'y suivre leurs pas , j'aurois été jaloux ,
Si la raison plus sage , en médecin fidèle ,
Malgré moi , par bonheur , m'ayant tâté le pouls,
Pour modérer à tems la fièvre de mon zèle,
Ne m'eût dit: « Mon ami , tenez-vous coi chez vous. »

LADY TRUEBRITON.

Ainsi tu dors , Brutus , quand Rome envain
    t'appelle ,
Quand du maillot honteux d'une enfance éternelle
On voit enfin sortir tous ces prétendus Francs ,
Gais dans la servitude & fiers de leurs tyrans.

Est-ce envain que ton Roi , le plus grand des
    Monarques ,
Puisque dans ses sujets il croit voir ses enfans ,
Comme son grand aïeul , le brillant vainqueur
    d'Arques ,

---

* M. le Comte de Lalli-Tolendal , un des plus grands Orateurs de
notre siecle , mais étonnant surtout par l'éloquence des discours qu'il
n'a pu préparer. On pourroit à ce sujet, dire de lui ce que Boursaut disoit
du célebre Avocat le Maître , que *ses expressions tomboient dans sa bouche
aussi heureuses que celles de Mascaron sur le papier* , si cet illustre
Député n'étoit aussi supérieur à le Maître, que Bossuet l'est à Mascaron.

Du haut dégré d'un Trône où rien n'est limité *
Fait descendre à sa voix l'auguste liberté;
Qu'avec son peuple même, il en trace les marques;
Et que, par un bienfait jusqu'alors sans pareil,
Tout penseur, de l'État peut être le conseil?

De ce droit, en secret, si longtems satellite,
Quand de ses défenseurs la France attend l'élite,
D'une lâche frayeur soudain ton cœur s'abat,
Et tu sors de l'arêne, à l'instant du combat.

L'Auteur.

Un soldat ou plutôt un simple volontaire,
Mal instruit, mal armé, peut craindre quelquefois
De troubler des héros les glorieux exploits,
Par le zele indiscret d'une tête légere;
Comme ces écoliers dont un malin crayon,
Sous vos doigts, Milady, quoiqu'en caricature,
Assez fidélement nous retraçoit l'allure.
Auriez-vous désiré que j'en fisse autant?

Lady Truebriton.

                                    Non.
Mais vous pouviez au moins, dans ce moment
        de crise,

---

* Il faut considérer que c'est une Angloise qui parle, & qu'en général

Tranſplanter dans vos murs, des bords de la Tamiſe,
L'arbre à l'abri duquel la Conſtitution, .
Sur le triple rameau d'une heureuſe union,
Pour le bonheur public s'accroît & s'éterniſe.

L'AUTEUR.

Sa fierté flatte au moins l'imagination;
En voyant les rameaux de cet arbre à trois têtes,
Sous le dôme impoſant de leur protection,
On ſe croit pour jamais à l'abri des tempêtes.
Mais hélas! cet eſpoir n'eſt qu'une illuſion.
De ces troncs mal unis une branche gourmande (2)
De leurs ſucs nourriciers ſeule épuiſe l'offrande
Et, ſous le nom pompeux, mais vain de liberté,
Etend ſon deſpotiſme avec impunité.

LADY TRUEBRITON.

La Conſtitution de l'heureuſe Angleterre
Eut pour admirateurs Sécondat * & Voltaire;
Et vous-même, peut-être avec trop de chaleur,
N'avez-vous pas ſouvent été ſon défenſeur?

---

les Ecrivains de cette Nation nous ont preſque toujours repréſentés
comme des eſclaves ſoumis au joug le plus deſpotique.

* Nom patronimique de l'immortel Monteſquieu.

Celui qui la vantoit aujourd'hui la condamne;
Eſt-il conſéquent ?

ʟ'Aᴜᴛᴇᴜʀ.

Oui : trop long-tems Anglomane ;
Comme un amant épris de quelques vains appas ,
Tant que je l'adorai, je ne la connus pas.
Je ne ne l'adore plus ; mais j'honore & j'admire
L'illuſtre Nation qui vit ſous ſon empire.
C'eſt elle , ſa raiſon , ſon amour pour l'État,
Qui ſupplée au défaut de ce fameux Sénat
Dont la pluralité , par un conſtant uſage ,
Au Miniſtre en faveur vend toujours ſon ſuffrage.
De ces marchés de honte & de corruption
Quel eſt le vrai foyer ? La Conſtitution.
C'eſt elle dont la voix ſouveraine, impunie ;
D'un brigand couronné couvroit la tyrannie.
Elle n'a point changé ; des Brunſwick , de bons
      Rois (3)
N'ont jamais, je le ſais, abuſé de ſes droits ;
Mais qu'il revienne encore un Henry * ſur le Trône;
Votre ſang & votre or , tout eſt à la Couronne.
Eſt-ce là , Milady, le type, le modèle
Qu'un François doit offrir à ce peuple fidele

---

* Henry VIII.

Dont pour ſes Potentats, le juſte & tendre amour,
Ne fut jamais payé d'un ſi cruel retour ?

LADY TRUEBRITON.

La liberté publique eſt partout peu ſincère ;
Les Grecs & les Romains n'en avoient que le nom.
Geneve, Lucques, Schwitz la poſſedent-ils ? Non.
C'eſt un fort beau traité, mais qu'on n'obſerve guere.
En revanchedu moins, le droit de citoyen
Aſſure parmi nous ſa perſonne & ſon bien.
La loi même, la loi, mieux qu'en l'antique Rome (4) ;
Sur tout le genre humain étendant ſon bienfait,
S'enquiert peu que tu ſois étranger ou ſujet ;
Pour être ſous ſa garde, il te ſuffit d'être homme :
Nul Miniſtre ne peut te ravir ce ſoutien.
Qui reſpecte la loi, quel qu'il ſoit, ne craint rien.

L'AUTEUR.

La liberté civile ou plutôt naturelle ;
Diſtingue, je le ſais, l'illuſtre Nation,
Où l'on vit naître Locke & l'immortel Bacon ;
Du reſte de l'Europe, en ce point, ſi loin d'elle ;
Et, quoique de vos loix la longue antiquité (5),
Des Barbares encor montre l'hérédité,

Vous n'aimez pas du moins à fuppofer le crime ;
La loi feule a le droit de frapper la victime ,
Et le coupable même, avec foin refpecté ,
En doit attendre tout, hormis l'impunité.
Mais ne nous parlez point de tant de loix civiles,
Où, dans l'amas confus des fiecles & des temps,
Aux dépens , comme nous, desplaideurs imbéciles,
L'hydre de la chicane alaite fes enfans.

LADY TRUEBRITON.

Soit ! de nos loix au refte , en commerce, en finance,
Qui peut nous difputer la fuprême excellence ?
Si la mer eft par nous couverte de Vaiffeaux ;
Si l'or du Monde entier , en dernière analyfe,
Des rives de l'Europe aux bords occidentaux,
Par des canaux divers reflue à la Tamife ;
Si, malgré nos rivaux & même nos revers ,
Le commerce à nos pieds met encor l'Univers ;
Si les arts, la culture & l'heureufe induftrie,
Ornent plus que jamais notre terre chérie ;
Tant de gloire & de biens prodigués à la fois ,
A qui les devons-nous , fi ce n'eft à ces loix ?

L'AUTEUR.

A votre efprit public (6) dont l'afcendant fuprême,
En triomphant de tout, a vaincu ces loix même ,

Ces loix de monopole & d'ufurpation,
Contre fon propre fein armant la Nation;
Et, par le poids honteux de leurs tributs ferviles,
Repouffant l'Étranger de vos rives fertiles.
Dignes de vos aïeux ou des brigands Malais,
Loin d'offrir fur ces bords l'olivier de la paix
Et l'accueil protecteur d'une Ifle hofpitaliere,
Ces loix montrent du fifc la horde meurtriere
Traînant des malheureux au fond d'une prifon
Ou, le poignard au poing, exigeant leur rançon.
De rapine & d'affronts cet affemblage inique,
Voilà votre feul code & votre politique.
Au jeu fou des combats trop long-temps fortunés,
Votre éclat a féduit les peuples étonnés;
Mais cet éclat trompeur, ces triomphes finiftres,
L'honneur de vos héros, l'orgueil de vos Miniftres,
Fiers Anglois, favez-vous ce qu'il vous ont coûté?
Vos biens, votre fageffe & votre liberté.

Chaque germe a fon fruit, chaque être fa mefure;
On peut changer fa forme & non pas fa nature.
D'un preftige impofant la vaine illufion,
Augmente encor le mal en cachant fon poifon.
Albion a franchi les heureufes limites,
Sous leurs rapports divers, à fes enfans prefcrites.
La route où fon orgueil s'eft long-temps égaré

A cet excès fatal la mena par dégré.
Son pouvoir, ses efforts, le poids de ses subsides,
D'un dangereux crédit les ressources perfides (7),
Ainsi que parmi nous, tout s'est exagéré.
Mais nous avons au moins, dans cette concurrence,
La riche immensité du beau sol de la France.
Instruite par l'exemple & son propre malheur,
La Nation, sans doute à la raison fidele (8),
Au puéril orgueil d'une absurde querelle
Ne sacrifiera plus ses biens & son honneur.

Depuis ce Grand Louis * qui se crut tout possible,
Le démon de la guerre en tout temps si terrible,
Des sœurs de Tisiphone empruntant les secrets.
Se fit voir aux humains plus affreux que jamais.
Henri, ce vrai héros & l'ornement du Trône,
Sut avec moins de bras conquérir sa Couronne,
Que, vingt lustres après, on n'en vit, sous Marsin,
Pour prendre une bicoque ou brûler un moulin.

De tant d'or & de sang prodigués sans mesure (9)
Nous payons tous encor l'impôt avec usure.
Des guerres de commerce, hélas! qui l'auroit cru!
Les systêmes nouveaux de nos jours l'ont accru......

* Louis XIV.

LADY TRUEBRITON.

C'est ainsi que le mal s'allie à la sottise,
Le bien fuit ; le malheur subsiste & s'éternise.

L'AUTEUR.

Non, Milady, surtout chez une Nation
Qui porte dans son sein sa restauration.
Tel étoit cet oiseau fabuleux *, mais emblême
De la sainte raison qui, semblant quelquefois
Sur les humains séduits avoir perdu ses droits,
Les reprend tôt ou tard & renaît d'elle-même.

Les temps sont arrivés. Un Prince généreux ;
Digne sang d'un grand Roi sage autant que pieux, **
Montre au peuple enchanté plus un pere qu'un maître.
C'est ainsi que Henri s'étoit fait reconnoître.

De la même famille on a vu trop long-temps
Les membres désunis par des droits différens.
Enfin tout se rapproche & se reconcilie ;
A la voix de Louis le bonheur les rallie.

Des enfans de la France illustres Députés ;
Instruits de vos devoirs & de leur importance ;
Dans mon zele indiscret, je n'ai point l'arrogance
De vous dicter des loix quand vous les méditez,

---

* Le Phénix.
** S. Louis.

Affez d'autres peut-être ont pris ce foin frivole.
Les maux de la Patrie ont été votre école.

    Pardonnez fi des loix d'un fuperbe Étranger
J'ai voulu repouffer l'attrait & le danger.
Notre ciel, nos travaux, nos goûts, rien n'eft le
    même,
Le François a befoin d'un Souverain qu'il aime;
L'Anglois peut s'en paffer : une douce union
Confond ici le Trône avec la Nation.
Sans doute, il eft des loix; mais j'oferai le dire,
L'honneur plus que les loix gouverne notre Empire;
La noble confiance eft le premier traité,
Le plus facré garant de leur autorité.

    Toutefois, comme il faut, dans cette circonftance,
Des oppreffeurs du peuple arrêter la licence;
Par un frein falutaire, il eft bon que les loix
Des malheureux humains revendiquent les droits.
Mais doit-on des Anglois, ainfi que pour les modes,
A leur pifte rampant, n'adopter que leurs codes?
Loin de nous ce tribut fervile, injurieux:
Et montrons, s'ils font bien, que l'on peut faire mieux.

    Citoyen ignoré, mais digne par fon zele
D'un talent à fa caufe un peu mieux afforti,
C'eft ainfi qu'un François à fes devoirs fidele,
A cru, dans ces débats, devoir prendre parti.

NOTES.

(1) J'avois dix ans de moins.

LA partie poëtique du voyage d'Amérique a été écrite vers la fin de 1779, quoique l'édition très-défectueuse qui en a été faite, n'ait paru que depuis quelques années.

(2) De ces troncs mal unis une branche gourmande
De leurs sucs nourriciers seule épuise l'offrande,
Et, sous le nom pompeux, mais vain de liberté,
Etend son despotisme avec impunité.

On pourroit aussi comparer le régime actuel du Gouvernement Britannique, où la représentation nationale est renouvellée tous les sept ans, aux sept vaches du songe de Pharaon; avec cette différence néanmoins, que ce sont les vaches grasses du Roi qui dévorent les vaches maigres de la Chambre des Communes.

Quant à la Chambre dite des Lords, (quoique ceux qui n'ont que ce titre ne puissent y être admis) elle est moins, dans le fait, une véritable portion de la souveraineté collective, qu'un appendice de la

Couronne, une Cour judiciaire fur certains points, &
qui eft d'autant plus dans le dépendance du Roi,
qu'il a feul le droit de créer des Pairs. Ces Lords ou
plutôt Pairs d'Angleterre & le haut Clergé, c'eft-à-dire,
les deux Archevêques & les vingt-quatre Evêques de
la Grande-Bretagne, participent cependant à la puif-
fance légiflative, non pas comme Repréfentans de la
Nation, puifqu'ils n'ont point de Commettans, mais
plutôt comme parties, excepté les feize Pairs Ecoffois
qui font cenfés, comme dit M. Livingfton, opiner
pour toute la Pairie d'Ecoffe, compofée de quatre-vingt-
feize Membres. Il fuffit de connoître cette organifation
pour juger de l'influence que la Cour doit avoir fur
une telle Affemblée.

Mais, comment ce peuple fi fage, fi orgueilleux
de fes droits & de fa liberté, eft-il repréfenté dans la
feule Affemblée que l'on puiffe réellement appeller
Nationale? C'eft encore à M. Livingfton, un des
meilleurs efprits des États-Unis de l'Amérique Septen-
trionale, à nous l'apprendre. Ouvrez fon célèbre
ouvrage fur *la conftitution d'Angleterre comparée à
celle des États-Unis*, & vous y lirez ce qui fuit:

« Sur cinq cents cinquante - huit Députés des
» Communes, l'Écoffe n'en nomme que quarante-
» cinq. Quoiqu'elle foit, pour l'étendue, environ le

» tiers, & pour la population, environ le cinquieme
» de la Grande-Bretagne , elle n'a pas un douzieme
» de voix. Elle eſt donc évidemment léſée de plus de
» moitié dans la participation au pouvoir légiſlatif ;
» Mais , ſi le gout du monopole & l'avidité des
» privileges excluſifs portent les Anglois, animés de
» l'eſprit mercantile qui domine dans la Chambre
» des Communes , à prendre des arrangemens
» nuiſibles à la culture, au commerce & à l'induſtrie
» de l'Écoſſe, quel moyen reſte-t-il à celle-ci pour
» s'y oppoſer? Rien ne peut la garantir contre une
» oppreſſion d'autant plus terrible qu'elle ſeroit légale.
» Les exemples de cette oppreſſion ſont très-fréquens.
» Derniérement encore, le Parlement vient d'élever
» une barriere fiſcale entre l'Écoſſe & l'Angleterre ;
» en ſoumettant à un droit conſidérable les eaux-de-
» vie diſtillées en Écoſſe, lorſqu'elles paſſent en An-
» gleterre. On peut conclure delà que , s'il y a quel-
» que liberté aſſurée par la conſtitution Britannique,
» ce n'eſt pas pour les Écoſſois ».

» Les cinq cents treize Députés de la Nation An-
» gloiſe ſont formés de quatre-vingt-douze Députés
» des Comtés qui ſont au nombre de cinquante-
» deux , parmi leſquels douze n'envoyent qu'un
» Repréſentant, quoique M. Delolme ait imprimé

» & que l'on croic communément que chaque Comté
» en envoie deux: ce font les Comtés Gallois, habités
» par la race de l'ancienne Nation Bretonne, qui
» éprouvent cette inégalité dans le droit de repréfen-
» tation. Quatre cents vingt-un Députés font en-
» voyés par différentes Villes & Bourgs qui ont droit
» d'élection. Ainfi l'avantage des Villes fur les cam-
» pagnes eft déjà très-grand en général. Cet avantage
» eft de plus très-inégalement partagé entre les Villes.
» Des Villes confidérables, telles que Sheffield qui
» renferme plus de trente mille ames, Birmingham,
» Manchefter qui en renferment foixante-dix à quatre-
» vingt mille, ne députent point au Parlement,
» tandis que l'Univerfité d'Oxford & celle de Cam-
» bridge, tandis que de fimples hameaux dont un
» certain nombre n'a pas deux cents habitans, & dont
» quelques-uns n'ont que deux ou trois familles,
» fourniffent deux Députés au Parlement.

« Le droit de fuffrage eft établi, d'une maniere
» auffi irréguliere que celui de repréfentation : là, il
» faut être propriétaire ; ici, appartenir à une corpo-
» ration; ailleurs, être citoyen de la Ville ou du
» Bourg où fe fait l'élection; dans d'autres endroits,
» il fuffit de tenir maifon. &c ».

Mais fi l'on avoit l'injuftice d'élever quelques doutes

fur l'impartialité d'un Écrivain, tel que M. Livingſton, homme public & ancien Gouverneur de l'État de New-Jerſey, comme Américain & par conſéquent partie au procès, on trouvera, parmi les Anglois même, de nouvelles dépoſitions qui achevent de démontrer combien les réputations les plus brillantes & les plus générales ſont ſouvent les plus uſurpées, quand on les ſoumet à l'épreuve d'une analyſe ſévère mais juſte. L'Auteur des *recherches politiques*, (M. John Burgh) en ſe plaignant avec raiſon de l'abſurdité des loix, relativement aux élections, aſſure qu'enAngleterre cinq mille ſept cents perſonnes, dont la majeure partie ſont de la plus baſſe populace, éliſent la moitié de la Chambre des Communes, tandis que trois cents ſoixante-quatre-mille choiſiſſent la neuvieme partie.

« Le Gouvernement Anglois, dit cet Ecrivain,
» eſt une vraie *Jantocratie* ou un Gouvernement de
» Miniſtres & de leurs cabales, car la Cour dirige
» à ſon gré les mendians qui choiſiſſent les Députés
» de la Nation. Eſt - ce donc là cette Conſtitution
» qui eſt devenue ſi univerſellement un objet d'ad-
» miration & d'envie ?

» Ainſi, ſur huit cents quinze dépoſitaires de tous
» les pouvoirs ſociaux en Angleterre, il y en a deux

» cents cinquante-fept , le Roi & les Pairs , qui
» tiennent une partie de la Souveraineté en bail à
» vie héréditaire, environ trois cents qui la tiennent
» de fix mille électeurs en bail à ferme de fept
» années, & un peu plus de deux cents cinquante
» qui font femblant d'y prendre part pour huit
» millions d'hommes, pendant le même tems ».

On voit par là combien , dès à préfent même ,
& malgré le vice des élections avoué par notre
grand Miniftre , & bien excufable par les contra-
dictions dont il n'étoit pas maître , la différence
entre nous & les Anglois, fur un point auffi in-
téreffant, eft à l'avantage de notre Nation. Quant
au développement de toutes les caufes qui donnent
tant de prépondérance à l'autorité Royale en Angleterre , voyez la nouvelle édition du Voyage
d'Amérique, & particuliérement la grande note de
l'Obfervation (33) fur la Lifte civile, &c. &c.

(3) Des Brunfwick , de bons Rois
    N'ont jamais , je le fais, abufé de fes droits.

Et par une fatalité très-fingulière ou plutôt une
conféquence très-naturelle de ce nouvel ordre de
chofes, c'eft précifément, à compter de cette époque,
que la balance des pouvoirs a penché plus que jamais
en

en faveur de la Couronne, ſi même elle n'a pas été entièrement détruite.

> (4) La loi même, la loi, mieux qu'en l'antique Rome,
> Sur tout le genre humain étendant ſon bienfait,
> S'enquiert peu que tu ſois étranger ou ſujet;
> Pour être ſous ſa garde, il te ſuffit d'être homme.
> Nul Miniſtre ne peut te ravir ce ſoutien.
> Qui reſpecte la loi, quelqu'il ſoit, ne craint rien.

C'eſt un droit aſſuré par les anciennes loix d'Angleterre, mais ſur-tout par le fameux acte *d'habeas corpus*, paſſé dans la trente-unième année du règne de Charles II.

Pourquoi le droit de citoyen Romain étoit-il ſi recherché, ſi ce n'eſt pour les privilèges énormes attachés à ce titre? D'ailleurs la tache de ſervitude qui a déshonoré toutes les anciennes légiſlations, prouve aſſez que le premier des droits, celui de la nature, y étoit méconnu. Sommes-nous beaucoup plus juſtes pour n'avoir fait que la moitié du mal, & la différence de la couleur doit-elle changer notre juriſprudence ſur ce point?

> (5) Et, quoique de vos loix la longue antiquité,
> Des Barbares encor montre l'hérédité,
> Vous n'aimez pas du moins à ſuppoſer le crime;
> La Loi ſeule a le droit de frapper la victime.

Le Code criminel de la Grande-Bretagne n'eſt

pas encore éntiérement purifié de la tache originelle
des tems d'ignorance & de férocité' où il a pris
naiffance. Les loix pénales, entr'autres, y portent
toute l'empreinte des fiécles & des hommes barbares
qui les ont produites. Elles font adoucies par les
progrès de la civilifation & des lumieres, mais elles
ne font point détruites , & malheureufement
elles reparoiffent de tems en tems avec toute l'horreur
de leur atrocité native. On n'en a eu que trop
d'exemples dans les crimes dits de haute trahifon.
Mais au moins le Juge en Angleterre fe permet très-
rarement d'interpréter la loi; les préfomptions, même
les plus fynonymes des preuves, n'y peuvent fuppléer
à fon texte facré : on n'y inflige point la peine inutile
& affreufe de la torture. Enfin, à l'exception des
jugemons à mort *, l'humanité n'a point à gémir des
décrets que la loi prononce; & le coupable condamné
à la deftruction de fon être, jouit avec fes parens &
fes amis, de toutes les confolations qui peuvent
adoucir l'amertume de ce cruel moment. Il n'eft
donc point vrai, comme l'ont avancé des Cenfeurs
chagrins, que ce Code fi célèbre n'ait en effet d'autre

---

* Encore font-ils , en bien des cas , modérés , non par la loi , mais
par la prérogative Royale à cet effet, & que les Juges invoquent
fouvent eux-mêmes.

mérite que celui de la procédure publique, & du
jugement par Jurés, quoiqu'un tel mérite, exiftât-il
feul, dût être regardé comme un des plus grands
bienfaits de l'humanité. Auffi ne voit-on pas, fans
regret, que ce mérite manque au nouveau Code criminel établi depuis quelques années en Tofcane,
par le Prince philofophe dont les États ne font pas,
malheureufement affez étendus pour le bonheur de
l'humanité. Ce Code, digne de rivalifer celui de
l'immortelle Catherine, prouve que les loix de fang
ne fervent qu'à propager les crimes &, ce qui eft
peut-être encore pire, à rendre les hommes infen-
fibles & barbares. Il n'y a pas dans celui-ci un feul
cas où l'on condamne à mort. La traduction Fran-
çoife de ce Code, qui a paru dans le tems, eft par
malheur peu foignée & fur-tout très-infidéle.

   Quant à la jurifprudence civile d'Angleterre ap-
pellée loi non écrite, quoiqu'elle le foit, où *com-*
mune loi ; malgré tous les éloges que lui prodigue
M. Delolme, elle eft, au moins dans la pratique,
auffi captieufe, auffi vague, auffi compliquée ;
enfin auffi vexatoire, auffi tortionnaire que la nôtre,
& c'eft affurément beaucoup dire.

   Tout le monde fait que le droit Romain n'eft
point reçu en Angleterre, excepté dans les Cours

eccléfiaftiques ; ainfi que dans celles des deux Univerfités & dans celle de l'Amirauté ; encore y eft-il fubordonné aux loix Angloifes.

(6) A votre efprit public.

Il y avoit un efprit public à Rome, à Athènes & furtout à Lacédémone. Il n'y en avoit point à Carthage, parce que cet efprit eft incompatible avec l'avarice. L'Angleterre eft la feule Nation moderne qui l'ait reffufcité ; mais il commence, finon à s'éteindre, du moins à perdre de fon énergie. Il fe laffe enfin de lutter contre ces priviléges, ces monopoles, ces prohibitions de toute efpéce, ennemis d'autant plus dangereux qu'ils font plus floriffans, plus riches & par conféquent plus protégés. On n'a tracé ici qu'une bien foible efquiffe des maux qui en réfultent. Au furplus, les perfonnes qui défireroient des détails plus étendus pourront confulter *les Obfervations du voyage d'Amérique en vers*, & fur-tout celle où il eft queftion de la Compagnie des Indes. En général, une des premières bafes & la principale de la véritable richeffe de l'Angleterre ; c'eft une culture auffi active que bien entendue, & tous les encouragemens donnés aux établiffemens réellement utiles à la chofe pu-

blique; mais c'eſt à la Nation elle-même qu'elle
en eſt redevable & non pas au Gouvernement.

(7) D'un dangereux crédit les reſſources perfides.

C'eſt ſans doute un grand mal pour une grande
Nation d'avoir perdu ſon crédit, mais peut-être
en eſt-ce un encore pire, d'en abuſer. C'eſt ainſi que
l'on s'accoutume à ne plus compter avec ſoi-même,
que l'on ne met plus de bornes à ſes entrepriſes &
à ſes dépenſes, & que la funeſte facilité d'emprun-
ter, ſans s'occuper même des moyens de rembour-
ſement, prépare tôt ou tard la ruine des États les
plus puiſſans comme des particuliers les plus riches.
Je n'ignore pas qu'il eſt d'uſage en Angleterre de
mettre preſque toujours un impôt à côté d'un emprunt pour lui ſervir de gage; mais indépendam-
ment de cette ſurcharge de contribution dans le
Pays de l'Europe où la Nation paye le plus au
fiſc, cet impôt ne couvre que l'intérêt de l'emprunt:
il faut donc par conſéquent, ou rembourſer l'emprunt
à la fin de la guerre, ce qui eſt rarement praticable;
ou conſerver l'impôt. Voilà comment ſe font éten-
dues & multipliées les taxes de toute eſpéce en
Angleterre ainſi qu'ailleurs, & pourquoi M. Pitt

C 3

a même mis de nouveaux impôts après l'époque de
la paix. *

Au ſurplus, il faut être juſte ; les Anglois ont
toujours plus ou moins profité de la paix pour
éteindre ou du moins diminuer les dettes contrac-
tées pendant la guerre, de ſorte qu'en ſuppo-
ſant la balance rétablie, on en eſt quitte pour la
perte de vingt années à peu près, c'eſt-à-dire, de
huit ou dix ans de guerre & d'autant de paix, pour
regagner le tems perdu & ſe retrouver au même
point où l'on étoit auparavant. Il eſt vrai que je
ne mets pas, dans cet état, en ligne de compte
la perte d'environ 2 à 300,000 hommes dérobés à
la population, par tous les fléaux divers que la guerre
entraîne après elle ; mais on ſait bien que cette
perte n'eſt jamais portée que pour mémoire dans
l'arithmétique politique. Quoiqu'il en ſoit, il y a mal-
heureuſement tout lieu de croire que cette manière
de corriger au moins le mal, n'a pas été adoptée

---

* Ce Miniſtre vient encore tout récemment de faire un emprunt
d'un million ſterling ; & pour payer l'intérêt ainſi que le déficit
ſurvenu dans la recette par la ſuppreſſion de l'impôt ſur les bou-
tiques, il a créé une foule de petits droits additionels ſur des objets déjà plus que ſuffiſamment cha gés ; enfin il a étendu ces taxes
juſqu'aux fidei-commis & aux teſtamens.

dans un certain Royaume où l'on fe pique cependant beaucoup d'imiter les modes de la Grande-Bretagne.

> (8) La Nation, fans doute, à la raifon fidelle,
> Au puéril orgueil d'une abfurde querelle
> Ne facrifiera plus fes biens & fon honneur.

La guerre, un des plus grands fléaux de l'humanité, ne peut prétendre à d'autre honneur que celui d'être au moins excufable. En effet, il y peu de cas même où l'on puiffe la comparer à l'aggreffion d'un affaffin qui attaque un Voyageur dans un bois, parce que les données de ces deux hypothèfes ne préféntent point les mêmes réfultats. Il eft prefque impoffible dans l'une, de conferver fes jours par d'autre moyen que celui de la force, & la mort du brigand devient néceffairement le falut de l'honnête homme. Mais, quoiqu'on en dife, les Corps politiques, fur-tout en Europe, fans avoir peut-être plus de principes, ne fuivent point la même marche. Il eft fort rare ou plutôt inoui, fur-tout de nos jours, qu'un Prince entre à l'improvifte dans les États de fon voifin pour y mettre tout à feu & à fang. Il peut élever des prétentions très-mal fondées, & les appuyer par l'appareil d'une armée redoutable, fur-tout s'il fe croit le plus fort. Mais alors, de deux chofes l'une: ou la jaloufie

d'un autre voifin donne fur le champ un allié puif-
fant au foible ; ou bien, ce qui feroit fort extraor-
dinaire, fi celui-ci n'eft pas fecouru, la prudence
l'engage à capituler avec le plus fort ; & comme
un malade dont la plaie fe gangréne, il fe détermine
à facrifier un de fes membres pour fauver le refte du
corps. On voit par-là combien doit être rare le cas
d'une guerre inévitable, même pour fa propre défenfe.
Auffi cet événement n'a-t-il jamais lieu que du con-
fentement réciproque des deux parties, & prefque
toujours pour des caufes frivoles. Il ne faut donc
point affimiler ces guerres aux affaffinats commis par
les voleurs de grands chemins ; mais, ce qui eft à la
fois plus honnête & plus jufte, on peut comparer les
Souverains aux anciens Chevaliers qui batailloient
beaucoup plus fouvent pour des points d'honneur
bifarres ou ridicules, que pour de vrais & grands
intérêts. La moindre teinture de l'Hiftoire de France,
fuffit pour juger combien la plupart de nos guerres,
à l'exception de celles du grand Charles VII & de
Henri IV, infiniment plus grand encore, ont eu des
motifs auffi peu graves, fur-tout fi on les compare avec
leurs réfultats. En effet, oferai-je le dire, ce n'eft
pas affez peut-être qu'une guerre foit glorieufe, qu'elle
foit jufte même ; il faut qu'elle foit néceffaire à la

Nation, dont le Souverain, quelle que foit fa dénomination, n'eft ni le Chevalier, ni le Juge, ni même
feulement le Père, mais le *Tuteur* de fes Peuples,
auxquels il doit un compte exact & févère * de fon
adminiftration ; & fes devoirs lui impofent la loi
de facrifier, dans certains cas, à leurs intérêts le
fien propre & même fa gloire, ou plutôt les petiteffes
de l'amour-propre auxquelles on a fouvent proftitué
ce beau nom.

On a trop long-tems joué aux dés la vie des hommes
& même des Empires, ou du moins le bonheur de
leurs habitans.

   (9) De tant d'or & de fang prodigués fans mefure
      Nous payons tous encor l'impôt avec ufure :
      Des guerres de commerce, hélas ! qui l'auroit cru !
      Les fyftèmes nouveaux de mes jours l'ont accru.

Les habitans de l'Europe, comme tous les autres
Peuples qui ont paru fucceffivement fur la terre, ont
eu des guerres d'ambition ou de conquêtes ; ils ont

---

   * Cette grande vérité n'a pas échappé fans doute à notre augufte
Monarque & au vrai Patriote chargé des Affaires Étrangères, dans
une époque très-critique, il y a bientôt deux ans. Qui peut favoir
ce que feroit actuellement la France, fi un Département auffi délicat
eût été confié à un Miniftre moins fage & moins dévoué aux intérêts
réels de la Nation.

eu, comme les Arabes, les Turcs & les autres Nations intolérantes, des guerres de Religion inconnues
aux Anciens ; mais ils font les feuls qui ayent connu
les guerres de commerce, & il n'y a pas même encore
un demi-fiecle que cette nouvelle mode s'eft établie ;
car c'en eft une, dans toute la force du terme, & vraifemblablement, pour le bonheur des hommes, elle
paffera comme les autres. En effet, les guerres de
Louis XIV étoient des guerres d'ambition, de Che-
valerie, de jactance fur-tout. Son fucceffeur, ami
de la paix & du repos, n'a vu qu'avec chagrin fes
Miniftres l'entraîner malgré lui dans des difputes
fanguinaires, fous prétexte de maintenir la balance
du pouvoir en Europe.

Toutes ces guerres diverfes, fans contredit, rui-
noient plus ou moins le commerce, fur-tout lorfque
l'Angleterre y prenoit parti contre nous, ce qui
arrivoit prefque toujours ; mais le commerce n'étoit
point l'objet particulier de ces guerres, & encore
moins leur dénomination. Ce ne fut que vers 1756,
que quelques arpens de bois, de marais & de glaces
dans l'Acadie, (actuellement la Nouvelle-Ecoffe),
ont occafionné, entre les deux Nations rivales, un
procès où plus de 300,000 Procureurs ou Défen-
feurs de la caufe des Rois, fous le nom d'Officiers

& de Soldats ; ont occupé dans prefque toutes les parties du Monde. On ne connoît que trop l'iſſue de ce procès déſaſtreux où la France , pour diſputer quelques landes ou quelques morues , a perdu , je ne dis pas ſeulement le Canada qui lui étoit plus à charge qu'à profit , mais la preſque totalité de ſes poſſeſſions au-dehors , ſes hommes , ſa Marine , ſon argent , ſon crédit , ſon honneur ; & dans laquelle , ſans l'habileté d'un * de nos plus grands Miniſtres , elle auroit peut-être payé de ſon exiſtence même , l'impéritie ou la légèreté de ſes prédéceſſeurs dans l'Adminiſtration.

Je ne parle point ici de la derniere guerre d'Amérique. Elle étoit en quelque ſorte nationale , par l'intérêt que ſa cauſe inſpiroit à tous les François ; elle fut glorieuſe , elle fut utile , & ſans doute elle l'auroit été davantage & ſur-tout moins longue , ſans des circonſtances qu'il eſt inutile de rappeller , & qui ne ſont que trop connues de tout le monde.

Au ſurplus , la dénomination ſeule de *guerre de commerce* me paroît ce que l'on appelle une contradiction dans les termes , puiſque l'état de guerre eſt , par ſon eſſence , l'ennemi du commerce. Je n'ignore

---

* M. le Duc de Choiſeul.

pas que, suivant plusieurs partisans de l'opinion
contraire, l'Angleterre a étendu le sien par la guerre.
Peut-être les Anglois eux-mêmes ont-ils ce préjugé;
ce ne seroit pas le seul; & il est d'autant plus excu-
sable, qu'en général la plûpart de leurs guerres ont
été heureuses. Mais en supposant même, ce qui
me paroît au moins très-problématique, en supposant,
dis-je, qu'ils se soient réellement enrichis par ces
guerres, s'ensuit-il pour cela que nous devions les
imiter ?

Voici, comme on voit, une autre question. Celle
du fait n'est malheureusement que trop bien décidée
contre nous, par les événemens * passés. Il ne reste
donc plus à examiner que la question de droit ou
plutôt de théorie, c'est-à-dire, de rechercher les
causes de cette différence entre les deux Nations,

---

* On n'a point cru devoir prendre la peine assez inutile de transcrire la
quote-part de ces guerres, dans la dette Nationale, & par conséquent dans
les charges publiques, non plus que l'état pitoyable de notre prétendu
Commerce aux Indes. Ce seroit en vérité abuser, par trop, de ses
avantages &, dans toute la force du terme, battre des gens à terre.
En effet, personne n'ignore que notre prétendue Compagnie n'ache-
tant que des Anglois, & partant, de la seconde main, doit néces-
sairement gagner moins, tandis que d'un autre côté, en vertu de son
privilége, elle nous fait payer plus cher les articles de rebut que lui
cédent les Anglois. On peut juger par-là combien ce Commerce ou
plutôt ce regrat est utile à la Nation.

toujours d'après l'hypothèfe que la différence exifte
en effet, & que l'Angleterre ne doit qu'à ces guerres
l'extrême activité de fon commerce, la richeffe de
fes Négocians, quoique cette richeffe n'ait fouvent
rien de commun avec celle de la Nation, fa fplendeur
enfin, & fur-tout qu'elle ne prend pas la bouffiffure
de l'hydropifie pour l'embonpoint de la fanté, ni le
preftige d'un beau rêve, pour l'examen fage d'un
efprit jufte & réfléchi.

Malgré le voifinage des deux Nations, & même
leur reffemblance fur certains points, mais fur-tout
au moral, il refte encore entr'elles des différences
locales, & dont il eft peut-être impoffible de calculer
tous les effets. L'Anglois jetté par la Nature au milieu
de l'Océan, n'a pu faire connoître fon exiftence aux
autres Nations, & prendre parmi elles une place
honorable, qu'en franchiffant les barrieres qui l'en
féparent. Il a donc fallu qu'il fe livrât de bonne
heure à la navigation, & par conféquent au commerce extérieur, dont celle-ci eft le véhicule. La
France, j'en conviens, eft baignée par deux mers,
avec une étendue de côtes très-confidérable; mais
fes habitans n'en font pas moins un Peuple très-
méditerranée.

On ne peut fe diffimuler qu'en général les Anglois

font meilleurs Marins que * nous; & cela doit être,
parce qu'entre deux ouvriers du même métier, le
plus exercé eft néceffairement le plus habile. Ce n'eft
pas tout: le fol, le Ciel, le phyfique enfin, qui influe
tant fur le moral, y préfente l'homme fous un autre
caractère que le nôtre. Un air plus pur, une terre plus
riante, une nature plus variée, nous invitent en quelque forte à l'abandon fi agréable de l'infouciance &
de la gaieté. L'Anglois imprégné de tous les élémens
d'un atmofphère nébuleux, eft fombre & trifte comme
lui; mais ce mal même, car c'en eft un réel, tourne au
profit de fes lumieres, en le portant à la méditation.
Nul Peuple ne poffède à un plus haut point que lui,
cette vigueur de tête qui produit les grandes con-
ceptions, & la conftance infatigable qui en fait fortir
tous les grands réfultats dont elles font fufceptibles.
C'eft ce phyfique enfin que l'on ne fe crée point;
c'eft cette influence d'une nature auftère & mélan-
colique, mais forte, qui donne aux Anglois cet
efprit de fuite, dont notre volatilité ne peut pas

---

* Il faut être jufte, même envers fes Rivaux. D'ailleurs, je ne dis
point qu'ils foient plus braves. Les faits ont dépofé du contraire,
fur-tout dans la derniere guerre; mais ce n'eft pas toujours la bravoure;
c'eft la connoiffance, la difcipline, la triture enfin de la chofe qui,
à la longue, donnent l'avantage dans toutes les guerres, mais fur-
tout dans les guerres maritimes.

même foupçonner l'exiftence. C'eft ainfi que fe font
formés peu à peu tant de beaux établiffemens en tout
genre. On voit fouvent dans les entreprifes de ce
Peuple, une fucceffion de travail & d'émulation qui
enrichit le projet d'un feul homme, de la conftance,
des lumieres & des accroiffemens de vingt générations.

Voilà ce qui diftingue l'Angleterre des autres
Nations, mais fur-tout de la nôtre. Nous avons
toujours méconnu cette loi univerfelle de la Nature,
qui ne fait rien par fauts & par bonds, & marche
d'un pas lent, prefqu'infenfible, mais fûr, à fon
objet. Notre impatiente inquiétude gâte les meilleures
chofes par fon empreffement à jouir. Tout ce qui eft
fait trop vîte, en fuppofant même que l'ouvrage
arrive à fon terme, eft détruit encore plus promp-
tement qu'il n'a été édifié. Ce commerce floriffant
de l'Angleterre, cette induftrie fi active, ne font
point l'ouvrage d'un jour. Ces deux branches nour-
ricieres de la profpérité nationale, ont même été
élémentaires l'une de l'autre. L'Agriculture, fuivant
la marche naturelle & indifpenfable des chofes, a
précédé l'induftrie, qui n'eft d'ailleurs, en grande
partie, que la combinaifon plus ou moins variée de
fes produits. Quant au commerce étranger, aux fpéculations hardies, difpendieufes & incertaines, aux

grandes entreprifes enfin, telles que la Navigation &
les Pêcheries lointaines, les Établiffemens de la Nation aux grandes Indes & ailleurs, on ne s'en eft,
occupé qu'après en avoir préalablement affuré la bafe
fur les deux piles inébranlables de l'Agriculture &
du Commerce intérieur, fans lefquelles ce brillant
édifice n'auroit aucune ftabilité : or, je demande
fi c'eft ainfi que nous avons procédé.

François Anglomanes : ô vous qui, depuis fi long-
tems, nous citez fans ceffe l'exemple de l'Angleterre,
que vraifemblablement vous connoiffez à fond ,
annoncez donc à vos Compatriotes cette grande
& importante vérité. Dites-leur que les Anglois ont
commencé par bien fertilifer toutes leurs terres avant
d'en aller chercher ailleurs. Affurez-les que cette
grande Nation a développé toutes fes richeffes terri-
toriales, les plus fûres de toutes, avant de vouloir
s'approprier celles de l'Afie & de l'Amérique. Appre-
nez-leur que le commerce intérieur a circulé par
mille canaux, ouvrage de l'homme, dans toutes les
parties du fol Britannique, avant qu'on fe livrât
aux fpéculations hafardées * du commerce extérieur.

---

* Voilà pourquoi les Anglois appellent Aventuriers (*Adventurers*),
les Négocians (*Merchants*) qui font cette efpece de Commerce, y
compris la Compagnie des Indes.

Mais

Mais fur-tout, déployez toute l'énergie de vos talens pour perfuader, pour convaincre nos compatriotes, qu'il n'eft point en leur pouvoir de faire, en un jour & par un fimple acte de volonté, ce qui a été l'ouvrage des fiecles, favorifé d'ailleurs par une Nature différente ; & que, fi la chofe même étoit poffible, il ne feroit pas de leur intérêt de le faire, parce qu'il en réfulteroit d'autres maux infiniment plus graves que la privation d'un accroiffement prétendu de richeffes.

Je demande pardon à mes Lecteurs de m'appefantir fi long-tems fur ce point ; mais quand je penfe qu'il eft peut-être le péché originel de tous nos malheurs depuis environ un demi-fiecle, il m'eft impoffible de me renfermer dans les bornes que mon fujet, & fur-tout mon impuiffance, devroient circonfcrire à mon zele.

Un preftige inconcevable, mais prefqu'univerfel a fafciné les yeux de la Nation fur le fyftême erroné, abfurde, des guerres de commerce ; & malheureufement, dans l'état actuel des chofes, ce fyftême fatal eft peut-être inféparable de toutes les grandes fpéculations commerciales où nous rivaliferons l'Angleterre, fur-tout dans les mers de l'Afie & de l'Amérique. Voici donc le moment,

D

le dernier moment peut-être, de faire entendre la vérité.

Sans doute, comme on l'a dit dans ce Dialogue en Vers, fans doute la France porte encore dans fon fein les germes de fa reftauration ; mais il faut bien prendre garde qu'ils n'avortent & ne nous laiffent que de vains regrets, par de nouvelles fecouffes auxquelles il feroit impoffible de furvivre. La France a befoin de repos ; ou plutôt c'eft fur elle-même, fur ce fol immenfe & fi favorifé de la Nature, que nous devons exercer toute l'énergie d'un patriotifme vraiment éclairé. Ce n'eft point à l'Amérique, ce n'eft point à l'Inde ni à la Chine, qu'il faut demander notre régénération. Elles ne nous ont envoyé que la guerre, la ruine & de nouveaux fyftêmes * de finance qui ont encore ajouté à nos malheurs.

La multiplication infinie de ces papiers, repréfentatifs des efpeces d'or & d'argent, portée bien audelà du numéraire, qu'ils n'auroient peut-être jamais dû remplacer qu'avec la plus grande circonfpection ; la

---

* Tout le monde fait que l'agiotage en France fut le premier fruit de la Compagnie des Indes. On n'ignore pas non plus que fa naiffance a failli perdre le Royaume fous le Miniftère du fameux Law ; & perfonne n'eft effrayé de l'activité défaftreufe avec laquelle il répand encore fes ravages !

funeste théorie de leur jeu, qui acheve de concen-
trer ce numéraire dans les mains de la claffe la plus
ftérile de la Nation, aux dépens de l'Agriculture &
de l'Induftrie; les Loteries * de toute efpece qui
dévorent la fubfiftance du Peuple; l'alliance monf-
trueufe & inouie du bas prix des falaires & de la
cherté de prefque tous les objets de commerce;
malheureux que nous fommes! Voilà où nous a
conduit la funefte émulation de vouloir difputer aux
Anglois l'empire du Commerce & des fpéculations
lointaines. Ils ont acheté bien cher cet empire, puifqu'il
leur coûtera peut-être un jour leur exiftence ou du
moins leur liberté **; mais enfin, ils ont obtenu ce
triomphe, ils en jouiffent encore, n'importe à quel
prix; tandis que nous, trop femblables aux anciens
Hébreux qui facrifioient fi fouvent aux Divinités
étrangères, nous portons fans ceffe la peine de ce
culte apoftat, fans jamais en recueillir les fruits.

Je vais hafarder un doute qui paroîtra peut-être

---

* Voyez l'ingénieux & très-patriotique Ouvrage de M. l'Évèque
d'Autun, fur cette partie de l'Adminiftration.

** On trouve le développement de ces effets, dans le *Voyage en
Vers*, à l'Obfervation 33 fur la Compagnie Angloife des Indes.

un blasphême, ou du moins une absurdité, aux oreilles
du préjugé. « D'après un examen réfléchi de l'étendue
» & de la nature du sol de la France , des goûts &
» des habitudes de ses habitans, de leurs qualités
» & de leurs défauts, toutes circonstances bien
» connues, & dont plusieurs n'ont presque point
» varié depuis deux mille ans au moins , est-il né-
» cessaire, pour le bonheur d'une telle Nation, de
» faire ce que l'on appelle vulgairement un grand
» Commerce » ?

Il me semble que cette question mériteroit, autant
qu'une autre, d'être méditée & approfondie par
nos Philosophes modernes. Peut - être , un jour
essayerai-je de présenter quelques élémens de la
maniere dont un tel sujet seroit susceptible d'être
traité. Mais dans ce moment-ci , je n'irai pas plus
loin. Ces Notes n'ont été que trop prolongées, &
c'est peut être aussi, comme on pourra m'appliquer
à moi-même ce que j'ai dit aux autres dans cette
Brochure, *c'est peut être ce qu'il ne falloit pas faire.*

POST-SCRIPTUM

Qui peut être intéreſſant.

CETTE Brochure écrite ſans doute beaucoup trop tôt, & ſur-tout trop vîte, a été, en revanche, imprimée beaucoup trop tard & trop lentement. Mais ce n'eſt point cette conſidération qui engage l'Auteur à reprendre, pour un inſtant, la plume. Un intérêt d'une toute autre importance l'anime. Il n'eſt plus queſtion ici de Littérateur, mais du *Patriote* ſeulement. Voici ſon objet. Les vrais amis de la Patrie & de l'humanité accueilleront du moins ſes intentions.

Les révolutions ſe ſuccedent. Le bien général lui-même ne peut manquer d'entraîner des maux particuliers. On n'a déjà que trop éprouvé cette vérité facheuſe. Elle ſe manifeſtera encore d'une maniere plus ſenſible, lorſqu'on portera, comme il le faut, la coignée ſur toutes les branches paraſites ou pourries de notre ancien régime d'Adminiſtration. Un nombre inimaginable de ſtipendiaires de toute eſpece ; des claſſes entieres de Citoyens ; des Villes * ; des Cantons ;

---

* Verſailles entr'autres ſera ruiné ſans reſſource, ſi le Roi ceſſe d'y faire ſa réſidence.

des Provinces * même , souffriront plus ou moins
de ce nouvel ordre de chofes , de ces opérations
néceffaires, mais douloureufes, mais mortelles peut-
être pour une foule d'individus.

Tant d'infortunés n'ont-ils pas quelques droits,
je ne dis point feulement à la pitié , mais à la juftice
de leurs freres les François ? Ne feroit-ce pas fur-tout
vers cette claffe malheureufe & innocente que devroient fe diriger les applications à faire des offrandes
patriotiques ? Hé ! qui peut mieux mériter ces fecours
de la Nation, que ceux dont la Nation, quoiqu'in-
volontairement, à regret même fans doute, aura
caufé la ruine ?

Telle eft la queftion que l'Auteur foumet avec
refpect à la fageffe des Repréfentans de la Nation.
Cette augufte Affemblée en a déjà confacré le prin-
cipe par plufieurs de fes Décrets ; & une telle defti-
nation des ttibuts qui lui font adreffés , femble ne
devoir que les rendre plus abondans & plus précieux.

On fent bien, d'ailleurs, que ceci n'eft qu'un
premier apperçu. L'Auteur fe propofe de lui donner,
dans un pamphlet fubféquent, tous les développemens

---

* Les territoites de France par delà les barrieres ; ceux qui n'étoient
pas foumis à l'impôt de la Gabelle , &c. &c. &c.

qui peuvent & doivent en faire mieux fentir l'utilité, & fur-tout la juftice.

La foufcription annoncée au frontifpice de cette brochure, pour l'édition du *Voyage d'Amérique*, au profit des Pauvres, avoit pour objet cette efpece d'infortunés en faveur defquels il réclame, dans ce Poft-fcriptum. Mais, quelle que foit l'opinion de l'Affemblée Nationale à ce fujet, le produit de cette foufcription n'en fera pas moins verfé à fa caiffe patriotique.

F I N.

ERRATA.

VERS.

Page 17, *dernier vers*, au lieu de : comme son grand Aïeul ; *lisez*, comme son noble Aïeul.

Page 19, *douzieme vers*, mais vain de liberté ; *lisez*, mais vain, de liberté.

Page 22, *treizieme vers*, des rives de l'Europe ; *lisez*, des rives de l'aurore.

NOTES.

Page 34, *ligne quatrieme*, toute l'empreinte ; *lisez*, toutes l'empreinte.

www.ingramcontent.com/pod-product-compliance
Lightning Source LLC
LaVergne TN
LVHW011351170726
843501LV00006B/1761